novum pocket

Isabella Florian

Wo die Bücher schnurren

novum pocket

Bibliografische Information
der Deutschen Nationalbibliothek:

Die Deutsche Nationalbibliothek
verzeichnet diese Publikation in der
Deutschen Nationalbibliografie.
Detaillierte bibliografische Daten
sind im Internet über
http://www.d-nb.de abrufbar.

Alle Rechte der Verbreitung, auch
durch Film, Funk und Fernsehen, fotomechanische Wiedergabe, Tonträger, elektronische
Datenträger und auszugsweisen
Nachdruck, sind vorbehalten.

Gedruckt in der Europäischen Union
auf umweltfreundlichem, chlor- und
säurefrei gebleichtem Papier.

© 2025 novum publishing gmbh
Rathausgasse 73, A-7311 Neckenmarkt
office@novumverlag.com

ISBN 978-3-903529-14-4
Umschlagfoto:
Chernetskaya | Dreamstime.com
Umschlaggestaltung, Layout & Satz:
novum Verlag

www.novumverlag.com

Inhaltsverzeichnis

Kapitel 1
Der Traum vom Büchercafé 7

Kapitel 2
Die Herausforderungen des Anfangs 10

Kapitel 3
Die Eröffnung 14

Kapitel 4
Die Hürden des Wachstums 18

Kapitel 5
Kreative Lösungen 22

Kapitel 6
Die Prüfung 25

Kapitel 7
Die stille Bibliothek 29

Kapitel 8
Tierfreunde 35

Kapitel 9
Eine kurze Pause 40

Kapitel 10
Vor der Kamera 45

Kapitel 11
Jung und Alt 49

Kapitel 12
Die junge Frau und das Ziel 53

Kapitel 1

Der Traum vom Büchercafé

Die sternenklare Nacht legte sich wie ein stiller Mantel über die Dächer von Graz. In Sofias kleiner Wohnung schwebte der Duft von Tee und etwas Verbranntem, das vor Stunden vergessen auf dem Herd stehen geblieben war. Das Fenster war von innen beschlagen, die Wärme drinnen ein wohltuender Kontrast zur winterlichen Kälte. Auf dem Couchtisch herrschte kreatives Chaos: Skizzen, auf denen flüchtig Bücherregale und Tischanordnungen angedeutet waren, lagen zwischen Kaffeebohnenproben und einem Stapel Bücher, der auf den ersten Blick chaotisch wirkte, in Wahrheit aber einer ganz eigenen Ordnung folgte. Sofia saß auf dem Teppich, eine flauschige Decke eng um ihre Schultern gezogen. Der Stift in ihrer Hand drehte sich gedankenverloren zwischen ihren Fingern, während ihre grünen Augen träumerisch auf ein leeres Blattpapier starrten. Annika dagegen thronte mit ihrem Laptop auf dem abgewetzten Sofa und scrollte konzentriert durch Barista-Webseiten. „Was wäre, wenn wir Regale in Form eines Baumes machen?", durchbrach Sofia plötzlich die Stille. Ihre Augen blitzten vor Aufregung, als sich eine Idee in ihrem Kopf zu formen begann. „Die Äste könnten die Bücher tragen, und der Stamm wäre der zentrale Punkt des Raums. Darunter könnten wir eine gemütliche Leseecke machen." Annika schaute von ihrem Bildschirm auf und hob skeptisch eine Augenbraue. „Du meinst, so ein Ding, das auf Pinterest super aussieht, aber in echt nie funktioniert?" Doch ein kleines

Schmunzeln spielte um ihre Lippen. „Aber hey, warum nicht? Wenn wir schon träumen, dann richtig." Sofia lachte und ließ sich zurückfallen, die Decke löste sich ein wenig von ihren Schultern. Träumen – das konnten sie wirklich gut. Der Alltag allerdings war eine andere Geschichte. Für Sofia bestand er aus langen Vorlesungen und trockener juristischer Fachliteratur, die sie zermürbte, während Annika jeden Morgen um fünf Uhr aufstand, um in einem kleinen Café in der Innenstadt zu schuften. Doch an diesen gemeinsamen Abenden war all das vergessen. Hier, zwischen Kaffeebeuteln und Papierstapeln, konnten sie sich in die Vision ihres eigenen Büchercafés flüchten. Für Sofia war es mehr als nur ein Traum. Sie malte sich aus, wie sie zwischen Bücherregalen herumwuselte, Lesungen organisierte und lebhafte Gespräche über Literatur führte. „Ein Ort, an dem die Menschen die Welt da draußen vergessen können", hatte sie Annika einmal erklärt. Für Annika hingegen war der Kaffee das Herzstück. „Vergiss deinen Bücherbaum, Sofia", neckte sie mit einem Zwinkern. „Die Leute kommen wegen meines Kaffees. Handgebrüht, mit Bohnen von kleinen Röstereien – das wird unser Markenzeichen." Die Wahrheit war, dass die beiden sich perfekt ergänzten. Sofia brachte Kreativität und Organisation in das Projekt, während Annika sich auf die technischen und praktischen Details konzentrierte. Gemeinsam hatten sie unzählige Nächte mit Businessplänen und Lieferantenrecherchen verbracht, immer auf der Suche nach dem perfekten Ort. Doch Graz war teuer, und die Konkurrenz schien übermächtig. „Wir brauchen etwas, das uns von den anderen unterscheidet", murmelte Annika, als sie den Laptop zuklappte. „Vielleicht können wir unsere Speisekarte literarisch gestalten?", schlug Sofia vor. „Ein Cappuccino à la Kafka oder ein Shakespeare-Smoothie?" Annika brach in schallendes Gelächter aus. „Ich sehe schon die Schlagzeilen: ‚Zwei Möchtegern-Gastronominnen wollen mit Literatur-Smoothies die Welt erobern.'" Ihr Lachen füllte die kleine Wohnung, doch hinter der Heiterkeit lag ein Hauch von Unsicherheit. Würde dieser Traum je Wirklichkeit werden?

Alles änderte sich, als Kathi ins Spiel kam.

Annikas Cousine, eine Kunststudentin mit einem Hang zum Chaotischen, schickte ihnen eines Abends eine Sprachnachricht. „Ich hab da was entdeckt", begann sie, ihre Stimme voller Begeisterung. „Ein kleines Lokal in der Altstadt. Es ist winzig und sieht aus, als hätte es bessere Tage gesehen, aber der Preis ist realistisch!" Sofia und Annika sahen sich an. Es war, als hätte jemand ein Licht angezündet. „Wir müssen es uns ansehen", sagte Sofia entschlossen. „Morgen", stimmte Annika zu. In dieser Nacht lagen sie beide wach und malten sich aus, wie es wäre, wenn dieser unscheinbare Ort ihr eigenes Büchercafé würde – ein Platz, an dem der Duft von frisch gemahlenem Kaffee und alten Büchern die Luft erfüllte.

Kapitel 2

Die Herausforderungen des Anfangs

Der Morgen war kühl, und ein zarter Nebel schwebte über den Straßen von Graz, als Sofia und Annika aus ihrer Wohnung traten. Beide hatten einen dampfenden Stanley mit Tee in der Hand, der wie ein kleines Stück Heimeligkeit inmitten ihrer Nervosität wirkte. „Was, wenn es wirklich so schlimm ist, wie Kathi sagt?", fragte Annika und zog den Schal enger um ihren Hals. „Dann renovieren wir", antwortete Sofia, entschlossen, auch wenn ihre Stimme leicht zitterte. „Wir wussten doch, dass es kein Palast sein würde."

Kathi erwartete sie bereits vor dem Lokal – eine alte Fassade mit abgeblättertem Putz und einem Ladenschild, dessen Buchstaben verblasst waren. „Da seid ihr ja!", rief sie und wedelte enthusiastisch mit dem Schlüssel. Drinnen schlug ihnen der Geruch von Staub und altem Holz entgegen. Der Boden knarrte unter ihren Schritten, und die Fenster ließen nur wenig Licht hinein. Doch Sofia und Annika sahen das, was andere übersehen hätten: Möglichkeiten. „Das ist es", flüsterte Sofia, und ihre Augen glänzten vor Aufregung. Der Mietvertrag war schnell unterschrieben, doch schon in den ersten Tagen wurde klar, dass ihr Traum weit mehr Opfer verlangen würde, als sie geahnt hatten. Der muffige Geruch des Lokals war nur ein Vorbote dessen, was sie erwartete. Der Holzboden, den sie zunächst abschleifen und lackieren wollten, stellte sich als morsch heraus. Als der Handwerker den ersten Abschnitt entfernte, offenbarte sich darunter ein

Albtraum aus verfaulenden Dielen und Feuchtigkeitsschäden. „Das wird teuer", sagte der Handwerker mit einem bedauernden Blick. „Mindestens die Hälfte des Bodens muss ersetzt werden." Annika ließ sich mit einem Seufzen auf einen der staubigen Barhocker fallen. „Hälfte ersetzen? Sofia, das ist nicht im Budget." Sofia presste die Lippen zusammen und atmete tief durch, um ihre Gedanken zu ordnen. „Dann kürzen wir die Deko-Ausgaben. Vielleicht machen wir die Regale selbst." Doch der Boden war nur der Anfang. Die Elektrik war ein Relikt aus einer anderen Zeit und musste komplett erneuert werden. Die Wasserleitungen tropften und versuchten offenbar, ein eigenes kleines Biotop zu erschaffen. Und die Küche, die sie mit Liebe zu einem Backparadies umbauen wollten, war so veraltet, dass nicht einmal der kleinste Hygienecheck bestanden hätte. „Das ist wie ein schlechter Film", murmelte Annika, als sie die Hände in die Hüften stemmte und auf die Baustelle starrte. Sofia, die gerade über einer Liste mit Prioritäten brütete, blickte auf. „Ja, aber es ist unser Film. Und wir werden ihn zum Happy End bringen." Während Sofia versuchte, die Handwerker zu koordinieren und den Überblick über das Budget zu behalten, machte Annika sich daran, ihre Vision des perfekten Kaffees zum Leben zu erwecken. Sie testete Bohnen, Brühmethoden und Maschinen, bis selbst Sofia keine Unterschiede mehr schmeckte. „Der Kaffee muss unsere Handschrift tragen", erklärte Annika leidenschaftlich, während sie eine Tasse Espresso vor Sofia stellte. „Wenn die Leute an unser Café denken, sollen sie diesen Geschmack im Kopf haben." „Dann wäre das jetzt deine Signatur", sagte Sofia und nahm einen Schluck. Der intensive, nussige Geschmack zauberte ein

Lächeln auf ihr Gesicht. Doch so sehr sie sich gegenseitig motivierten, gab es auch dunkle Momente. Die Nächte wurden länger, die Aufgaben wuchsen, und Sofia fühlte, wie ihr Studium immer weiter in den Hintergrund rückte. Ihre juristischen Fachbücher stapelten sich unberührt in der Ecke, während Rechnungen und Baupläne ihren Schreibtisch dominierten. „Du brauchst eine Pause", sagte Annika eines Abends, als sie Sofia mit müden Augen und zerzaustem Haar über ihrem Laptop sitzen sah. „Wenn ich jetzt aufhöre, fällt alles auseinander", antwortete Sofia leise, ohne aufzusehen. Annika seufzte, ließ das Thema jedoch fallen. Sie wusste, dass Sofia ihre Grenzen kannte – auch wenn sie sich oft darüber hinwegsetzte. Inmitten all der Anstrengungen sorgten Kovu und Kiara, die beiden Katzen, für gelegentliche Lichtblicke. Kovu inspizierte neugierig jede Baustelle, schnüffelte an Kaffeebohnen und jagte mit Vorliebe lose Kabel, während Kiara sich auf den unfertigen Möbeln niederließ und alles mit aristokratischer Gelassenheit betrachtete. „Vielleicht sollten wir sie auf unsere Werbeplakate setzen", schlug Annika vor, als Kovu es sich in einem Karton mit Kaffeebohnen bequem machte. „Oder sie als Maskottchen einstellen", fügte Sofia hinzu, während sie versuchte, den Kater aus seiner neuen Höhle zu locken.

Die Katzen wurden schnell zu einem festen Bestandteil des Cafés. Ihre Anwesenheit verlieh dem Raum eine Wärme, die all das Chaos für einen Moment vergessen ließ.

Nach Monaten harter Arbeit nahm das Lokal endlich Gestalt an. Die Wände, in einem warmen Sandton gestrichen, leuchteten im Licht der neu installierten Lampen. Die ersten Regale standen – provisorisch, aber stabil – und wurden mit Büchern bestückt, die Sofia aus Second-Hand-Läden zusammengetragen hatte. Annikas Barista-Ecke war ein kleines Meisterwerk aus glänzenden Maschinen und sorgfältig sortierten Kaffeebohnen. Eines Abends, als die beiden auf der Leseecke saßen und die müden Füße hochlegten, herrschte eine wohlige Stille. „Glaubst du, wir schaffen es wirklich, das hier in ein paar Wochen zu eröffnen?", fragte Sofia leise, während sie auf die unfertigen Details um sie herum blickte. Annika lächelte. „Wir haben es bis hierhin geschafft. Was soll uns jetzt noch aufhalten?" Sofia schloss die Augen und ließ das Gewicht der letzten Monate von sich abfallen. Für den Moment fühlte es sich an, als wäre alles möglich.

Doch die größte Herausforderung sollte erst noch kommen.

Kapitel 3

Die Eröffnung

Nach Wochen harter Arbeit war es endlich so weit: Der Tag der Eröffnung war gekommen. Sofia und Annika hatten die Nacht kaum geschlafen – zwischen letzten Handgriffen und einem aufgeregten Kribbeln in der Magengrube war an Ruhe nicht zu denken gewesen. Sofia warf um halb drei Uhr morgens noch einen prüfenden Blick auf die dekorierten Bücherregale, während Annika sich vergewisserte, dass die Kaffeemaschine einwandfrei funktionierte. Ihre Nervosität war greifbar, doch auch die Vorfreude ließ ihre Herzen höherschlagen. Schon Tage zuvor hatten sie begonnen, über die sozialen Medien auf das „Seitenflüstern" aufmerksam zu machen. Annika hatte ein paar stimmungsvolle Bilder des Cafés auf Instagram hochgeladen – das warme Licht der Leseecke, die liebevoll bestückten Bücherregale und natürlich Kovu und Kiara, die wie Models vor der Kamera posierten. Das Hashtag #Seitenflüstern hatte einige Aufmerksamkeit erregt, und sogar ein paar lokale Influencer hatten zugesagt, vorbeizuschauen. „Denkst du, das reicht?", fragte Sofia in den frühen Morgenstunden, als sie gemeinsam die letzten Flyer auf den Tresen legten. „Es reicht, um anzufangen", antwortete Annika und warf ihrer besten Freundin ein ermutigendes Lächeln zu. Als die Türen um Punkt zehn Uhr öffneten, standen tatsächlich schon die ersten Neugierigen vor dem Café. Sofia begrüßte sie mit einem strahlenden Lächeln, das ihre innere Anspannung verbergen sollte, während Annika an der Kaffeemaschine stand und die ersten Bestellungen entgegennahm. Doch schon nach wenigen Minuten bahnten sich die ersten Probleme an. Die Kaffeemaschine, die während der Probeläufe einwandfrei funktioniert hatte, begann plötzlich laut zu zischen und spuckte mehr Dampf als Kaffee aus. Annika kämpfte verzweifelt mit den Einstellungen, während Sofia hektisch versuchte, die wartenden Gäste zu beruhigen. „Es tut uns leid, wir haben gerade ein kleines Problem in der Küche", sagte sie einem jungen Pärchen, das ungeduldig auf ihren Cappuccino wartete. „Ein kleines Problem?", murmelte Annika hinter ihr, als sie sich über die Maschine beugte. „Dieses Ding ist ein Albtraum!" Zu allem Überfluss beschwerte sich ein älterer Herr am Fenster über den Lärm. „Ein Café sollte doch ein ruhiger Ort zum Entspannen sein, oder nicht?", fragte er mit hochgezogenen Augenbrauen, während Kovu unter seinem Tisch schnüffelte. Sofia entschuldigte sich höflich, während sie versuchte, die Balance zwischen Charme und Schadensbegrenzung zu halten. Aber es lief nicht alles schlecht. Einige Gäste schienen sich von der chaotischen Atmosphäre nicht stören zu lassen. Eine Studentin mit einem Notizbuch vor sich nippte an ihrem Americano und schrieb konzentriert, während ein junges Paar die Bücherregale durchstöberte. „Vielleicht sollten wir auch Kekse anbieten", schlug Annika später vor, als sie für einen Moment hinter der Theke durchatmen konnte.

„Ich glaube, ich brauche eher einen starken Trost", scherzte Sofia, während sie sich an den Tresen lehnte.

Der Nachmittag verlief nicht weniger turbulent. Ein Influencer, den sie eingeladen hatten, tauchte tatsächlich auf – aber anstatt den Kaffee zu loben, fotografierte er die Katzen und schrieb in seiner Story: „Die Stars des Cafés sind definitiv die Fellnasen!"

Als die Tür am Abend endlich geschlossen wurde, sanken Sofia und Annika erschöpft auf die Stühle in der Leseecke. „Das war ...", begann Annika, doch sie fand keine Worte. „Ein Desaster", ergänzte Sofia und vergrub das Gesicht in den Händen. Doch Annika schüttelte den Kopf. „Es war unser erster Tag. Und weißt du was? Wir haben tatsächlich Gäste gehabt. Das ist ein Anfang."

Am nächsten Morgen beschlossen sie, ihre Strategie zu überdenken. Sofia begann, Kontakte zu lokalen Autoren und Autorinnen zu knüpfen und Lesungen zu organisieren, während Annika Flyer designte, die sie in der Umgebung verteilten. „Seitenflüstern: Kaffee, Bücher und ein Ort zum Wohlfühlen", stand in geschwungenen Buchstaben darauf. Außerdem starteten sie auf Instagram eine neue Serie von Posts: Bilder der Bücherregale, kurze Vorstellungsvideos zu den Katzen und Behind-the-Scenes-Einblicke. Nach und nach begann ihre Arbeit Früchte zu tragen. Zuerst kamen nur ein paar neugierige Nachbarn, aber bald fanden immer mehr Studentinnen und Studenten Gefallen am gemütlichen Ambiente des Cafés. Eine Gruppe wurde sogar zu Stammgästen und verbrachte fast jeden Nachmittag in der Leseecke, vertieft in ihre Bücher oder Diskussionen über Literatur. Auch ältere Menschen aus der Nachbarschaft entdeckten das Café für sich. Sofia lächelte jedes Mal, wenn sie sah, wie ein älterer Herr mit einem Gedichtband in der Hand und Kovu auf dem Schoß zufrieden in der Ecke saß. „Es war chaotisch, aber wir haben es geschafft", sagte Sofia eines Abends, als sie mit Annika nach Ladenschluss aufräumte. „Und jetzt geht's erst richtig los", fügte Annika mit einem Lächeln hinzu. Das „Seitenflüstern" hatte seine ersten Stolpersteine überwunden und war auf dem Weg, ein fester Bestandteil des Viertels zu werden. Und auch wenn der Anfang holprig war, waren sie sich sicher, dass sie den richtigen Weg eingeschlagen hatten.

Kapitel 4

Die Hürden des Wachstums

Sofia und Annika waren stolz auf das, was sie bisher erreicht hatten. Doch wie es oft der Fall ist, brachte der Erfolg nicht nur Freude, sondern auch neue Herausforderungen. Die Erste fiel Sofia auf, als sie eines Abends durch die sozialen Medien scrollte. Der große Buchladen in der Nähe, bisher bekannt für sein steriles, unpersönliches Ambiente, hatte plötzlich damit begonnen, regelmäßig Lesungen und Buchclubs anzubieten. „Hast du das gesehen?", fragte sie Annika, die gerade eine neue Kaffeemischung testete. „Was denn?" Sofia hielt ihr das Handy hin. „Der große Laden. Sie machen jetzt auch Lesungen, sogar Kinderprogramme. Sie versuchen, genau das zu kopieren, was uns ausmacht." Annika ließ die Kaffeetasse sinken und runzelte die Stirn. „Na toll. Als ob wir nicht schon genug zu tun hätten, jetzt müssen wir auch noch mit einem Riesen konkurrieren."

Sofia seufzte. „Vielleicht übertreibe ich. Aber ich habe Angst, dass wir unsere Stammgäste verlieren könnten."

Zunächst versuchten sie, die Konkurrenz zu ignorieren, doch es dauerte nicht lange, bis sie die Auswirkungen spürten. Einige Gäste, die früher regelmäßig zu den Lesungen gekommen waren, blieben plötzlich aus. Sofia hörte immer häufiger Sätze wie: „Ich liebe euer Café, aber der Buchladen hat einfach eine größere Auswahl." Das war jedoch nicht die einzige Herausforderung. Sofias Studium wurde immer anspruchsvoller, und sie fand es zunehmend schwierig, ihre Zeit zwischen der Uni und dem Café aufzuteilen. Prüfungen standen bevor, und die Abgabefristen für Seminararbeiten rückten näher. Oft saß sie mit Büchern und Notizen in der Leseecke, während Annika allein die Gäste bediente und gleichzeitig versuchte, den Betrieb reibungslos am Laufen zu halten. „Sofia, die Lieferung für die neuen Bücher ist falsch angekommen. Die haben uns die halbe Bestellung in Englisch geschickt", sagte Annika eines Nachmittags, als sie gerade einen Espresso zubereitete.

„Ich ... kann das gerade nicht klären", murmelte Sofia und deutete auf ihre Unterlagen. „Kannst du das übernehmen?" Annika hielt inne, ihre Hände noch an der Kaffeemaschine. „Ich übernehme das? Ich übernehme sowieso schon alles. Den Laden, die Lieferanten, die Gäste. Und du sitzt hier und lernst!" Sofia schaute erschrocken auf. „Das ist nicht fair, Annika. Ich reiße mich genauso zusammen wie du."

Annika verschränkte die Arme. „Das sieht aber nicht so aus. Du bist hier, aber eigentlich bist du es nicht. Und ich kann das nicht allein machen." Die Spannung zwischen den beiden war spürbar und belastete nicht nur ihre Freundschaft, sondern auch die Atmosphäre im Café. Gäste bemerkten die angespannte Stimmung, und Sofia konnte spüren, wie das „Seitenflüstern" etwas von seinem Glanz verlor.

Eines Abends, nachdem der letzte Gast gegangen war, setzten sie sich zusammen. Es war ein schweigsamer Moment, nur unterbrochen vom sanften Schnurren der Katzen. „Wir müssen etwas ändern", begann Sofia schließlich. „So geht es nicht weiter."

Annika nickte. „Ja. Aber wir brauchen eine klare Aufteilung. Ich kann nicht mehr alles machen."

Nach langer Diskussion einigten sie sich auf eine neue Arbeitsteilung. Sofia würde sich ausschließlich um die Bücher und die Organisation der Events kümmern, während Annika den Café-Betrieb, das Marketing und den Kontakt mit Lieferanten übernahm. „Das macht Sinn", sagte Annika, als sie die neuen Aufgaben besprachen. „Du hast ein Auge für Bücher und Literatur, und ich kann mich besser um die Gäste und die Abläufe kümmern." Die neue Struktur brachte frischen Schwung ins Projekt. Sofia stürzte sich mit neuer Energie in ihre Rolle. Sie kontaktierte lokale Autorinnen und Autoren, organisierte private Lesungen und stellte ein wechselndes Sortiment an besonderen Büchern zusammen. Außerdem begann sie, die Lesungen auf Instagram zu bewerben, was schnell für Aufmerksamkeit sorgte. Annika hingegen konzentrierte sich auf den Betrieb und die Atmosphäre des Cafés. Sie führte saisonale Kaffeespezialitäten ein, wie Zimt-Latte im Herbst und erfrischenden Eiskaffee im Sommer. Außerdem gestaltete sie ein Belohnungssystem für Stammgäste – mit Punkten für kostenlose Getränke, was viele Kundinnen und Kunden begeisterte.

Schon nach wenigen Wochen zeigte sich der Erfolg ihrer Zusammenarbeit. Neue Gäste kamen zu den Lesungen, und Sofia entdeckte sogar einige, die vom großen Buchladen abgewandert waren. „Euer Café hat einfach mehr Persönlichkeit", sagte eine Besucherin bei einer Lesung. Auch Annika konnte die Veränderung spüren. Der Betrieb lief reibungsloser, und sie hatte endlich wieder Zeit, mit den Gästen zu sprechen und sich kreative Ideen für das Café auszudenken. Ein Abend blieb Sofia besonders in Erinnerung. Nach einer erfolgreichen Lesung, bei der alle Plätze besetzt waren, blieb eine ältere Dame noch, um mit ihr zu plaudern. „Ich war früher oft im großen Buchladen", sagte sie. „Aber hier fühle ich mich wie zu Hause. Es ist persönlich, und ich liebe, wie lebendig es hier ist." Nach Ladenschluss setzte sich Sofia zu Annika an die Theke. „Weißt du, ich hatte wirklich Angst, dass wir das nicht schaffen", sagte sie leise. Annika lächelte und hob ihre Tasse. „Ich auch. Aber wir haben es geschafft. Und jetzt sind wir stärker als je zuvor."

Die Herausforderungen hatten sie zwar an ihre Grenzen gebracht, doch sie hatten sie auch gelehrt, wie wichtig es war, als Team zu arbeiten und einander zu vertrauen.

Kapitel 5

Kreative Lösungen

Die Erfolge ihrer kreativen Veranstaltungen gaben Sofia und Annika neues Selbstbewusstsein. Doch mit dem Erfolg wuchs auch die Verantwortung. Immer häufiger hörten sie von Gästen, dass das „Seitenflüstern" ein Ort der Inspiration und Gemeinschaft sei – ein Ort, den das Viertel dringend brauchte. „Ich habe das Gefühl, wir könnten noch mehr bewirken", sagte Sofia eines Morgens, während sie die neuen Buchlieferungen auspackte. „Wir haben eine besondere Dynamik hier, aber ich möchte, dass sie über unsere Wände hinausgeht." Annika zog die Augenbrauen hoch, während sie die Kaffeemaschine reinigte. „Du meinst, wir sollen expandieren? Oder etwas völlig Neues ausprobieren?" „Nicht unbedingt expandieren", erwiderte Sofia. „Aber was wäre, wenn wir uns auch für andere Kunstformen öffnen? Vielleicht Ausstellungen oder sogar kleine Theateraufführungen? Es gibt so viele Talente in der Nachbarschaft, die einen Ort wie unseren brauchen könnten." Annika überlegte einen Moment, bevor ein Lächeln auf ihrem Gesicht erschien. „Das klingt nach dir – immer eine Vision im Kopf. Aber ich mag die Idee. Lass uns sehen, was wir tun können." Ein neues Kapitel für Kunst und Kultur

Die beiden begannen, mit lokalen Künstlern und Kreativen zu sprechen. Eine Fotografin schlug vor, ihre Arbeiten im Café auszustellen, und ein junger Schauspieler fragte, ob er eine Lesung mit dramatischen Monologen veranstalten dürfe. Die Vielfalt der

Vorschläge war überwältigend, und Sofia und Annika waren begeistert. Die erste Ausstellung im „Seitenflüstern" fand einen Monat später statt. An den Wänden des Cafés hingen großformatige Fotografien, die die Schönheit und die Geschichten des Viertels einfingen. Während der Vernissage war das Café bis auf den letzten Platz gefüllt. Die Gäste flanierten mit einem Glas Wein durch den Raum, bewunderten die Werke und diskutierten angeregt. „Es ist so wunderbar zu sehen, wie sich das Café immer wieder neu erfindet", sagte ein Stammgast, während er die Fotos betrachtete. Annika ergänzte die Ausstellung mit einem besonderen Menü: kleine Häppchen und Drinks, die von den gezeigten Motiven inspiriert waren. „Es sind die Details, die den Unterschied machen", erklärte sie Sofia später, während sie gemeinsam die Tische abräumten.

Geschichten auf der Bühne

Eine weitere Neuerung, die besonders gut ankam, war eine monatliche „Bühne der Geschichten". Die Idee war, einen Abend für alle zu schaffen, die ihre Geschichten mit anderen teilen wollten – ob es sich um Gedichte, Kurzgeschichten oder wahre Erlebnisse handelte. „Es ist so aufregend", sagte Sofia vor der ersten Veranstaltung. „Wir wissen nie, was die Leute mitbringen werden." Die erste „Bühne der Geschichten" war ein voller Erfolg. Eine junge Frau las eine humorvolle Geschichte über die Herausforderungen des Online-Datings, die das Publikum in schallendes Gelächter versetzte. Ein älterer Herr trug ein Gedicht vor, das er seiner verstorbenen Frau gewidmet hatte, und hinterließ damit viele feuchte Augen im Raum. „Ich hätte nie gedacht, dass ich einmal auf einer Bühne stehen würde", sagte er später zu Sofia, die ihm die Hand drückte. „Danke, dass Sie diesen Raum geschaffen haben."

Doch nicht alles lief reibungslos. Die zusätzlichen Veranstaltungen bedeuteten mehr Arbeit und Organisation, und Annika bemerkte, dass sie oft erschöpfter war als früher. „Wir haben so viele großartige Dinge am Laufen, aber ich frage mich, wie lange wir das durchhalten können", gestand sie Sofia eines Abends. Sofia nickte. „Ich weiß, was du meinst. Vielleicht ist es an der Zeit, Hilfe zu suchen."

Nach einigen Diskussionen entschieden sie, eine weitere Person einzustellen. Sie fanden Lena, eine quirlige Studentin mit einer Leidenschaft für Literatur und einer Vorliebe für Latte Art. Lena brachte frischen Wind ins Team und entlastete die beiden erheblich.

„Sie ist ein Glücksgriff", sagte Annika, nachdem Lena ihre erste Schicht souverän gemeistert hatte. Mit Lena im Team und einer wachsenden Gemeinschaft an Unterstützern fühlte sich das „Seitenflüstern" stärker denn je. Sofia und Annika träumten davon, in Zukunft vielleicht sogar ein eigenes Buch zu veröffentlichen – eine Sammlung von Geschichten, die in ihrem Café entstanden waren. „Das wäre doch die perfekte Art, das festzuhalten, was wir hier aufgebaut haben", sagte Sofia eines Abends, während sie mit Annika den Tagesabschluss besprach.

„Ein Buch, das die Seele des ‚Seitenflüstern' einfängt", stimmte Annika zu. „Ich liebe den Gedanken."

Kapitel 6

Die Prüfung

Die Wochen vergingen wie im Flug, und während das „Seitenflüstern" immer stärker florierte, rückte für Sofia eine ganz andere Herausforderung immer näher: ihre Abschlussprüfung im Jus-Studium. Seit Monaten hatte sie versucht, das Studium und das Café unter einen Hut zu bringen, doch die Zeit schien nie auszureichen. Annika bemerkte, wie Sofia immer häufiger mit dicken Gesetzbüchern hinter der Theke saß, hektisch Notizen machte und dabei oft ihren Kaffee kalt werden ließ. „Du solltest dir mal eine Pause gönnen", sagte Annika eines Morgens, als sie Sofia eine frische Tasse Tee brachte. „Pause?" Sofia lachte nervös und zeigte auf die aufgeschlagene Gesetzessammlung vor ihr. „Wenn ich mir jetzt eine Pause nehme, falle ich durch. Die Prüfung ist in zwei Wochen, und ich habe das Gefühl, nichts zu wissen." Annika setzte sich zu ihr und legte eine Hand auf ihre Schulter. „Du bist eine der klügsten und diszipliniertesten Menschen, die ich kenne. Aber du musst dich auch mal ausruhen, sonst kannst du dein Wissen nicht abrufen, wenn es darauf ankommt." Sofia nickte widerwillig. Sie wusste, dass Annika recht hatte, doch der Druck, sowohl im Café als auch beim Studium alles perfekt zu machen, lastete schwer auf ihr. Die nächsten Tage waren ein Balanceakt. Sofia versuchte, ihre Lernzeiten zu optimieren, während Annika ihr so viel Arbeit im Café wie möglich abnahm. Auch die Stammkunden bemerkten, wie angespannt Sofia war, und versuchten, sie zu unterstützen. Eine Studentin brachte ihr ein selbst geschriebenes Lernmantra vorbei: „Du hast das Wissen, du hast die Kraft, du schaffst das." Sofia lächelte, klebte den Zettel an die Kasse und las ihn jedes Mal, wenn sie vorbeikam. Am Abend vor der Prüfung schloss Annika das Café früher als üblich. „Jetzt ist es Zeit, dich zu sammeln", sagte sie bestimmt. „Kein Café, kein Jus – nur du und eine gute Nacht Schlaf." „Leichter gesagt als getan", murmelte Sofia, doch sie ließ sich von Annika überreden. Mit einer Tasse beruhigendem Kräutertee und Kiara auf dem Schoß setzte sie sich in die Leseecke des Wohnzimmers, ohne Bücher, ohne Laptop. Zum ersten Mal seit Wochen fühlte sie sich nicht gehetzt. Sie atmete tief ein, schaute Kiara in die Augen und flüsterte: „Ich schaff das, oder?" Die Katze schnurrte, als wollte sie Sofia zustimmen.

Der Morgen begann früh. Sofia hatte kaum gefrühstückt, als sie mit zitternden Händen ihre Unterlagen in die Tasche packte. Vor dem Verlassen der Wohnung drückte Annika ihr fest die Hand. „Du schaffst das. Und denk daran: Egal, wie es ausgeht, ich bin stolz auf dich." In der Universität herrschte eine gespannte Atmosphäre. Sofia setzte sich in den Prüfungsraum, ihr Herz klopfte wie wild, und für einen Moment fühlte sie sich, als würde ihr der Boden unter den Füßen weggezogen. Doch dann erinnerte sie sich an die vielen Stunden, die sie mit Lernen verbracht hatte, an die Unterstützung von Annika und ihren Freunden, und an das Mantra, das sie an der Kasse des Cafés kleben hatte: „Du hast das Wissen, du hast die Kraft, du schaffst das." Die Prüfung war anspruchsvoll, doch während Sofia die Aufgaben las, spürte sie, wie sich eine innere Ruhe über sie legte. Paragraphen und Fallbeispiele, die sie unzählige Male durchgearbeitet hatte, kamen ihr in den Sinn. Sie schrieb konzentriert, ihre Hand schien wie von selbst über das Papier zu gleiten. Als sie den Prüfungsbogen schließlich abgab, war sie erschöpft, aber auch erleichtert. Für einen Moment blieb sie im Flur der Universität stehen, die Augen geschlossen, und atmete tief ein. Es war geschafft – zumindest der erste Schritt.

Am Abend kehrte Sofia ins Café zurück, wo Annika sie bereits mit einer kleinen Überraschung erwartete. Das Café war mit Luftballons und einem handgeschriebenen Schild dekoriert: „Herzlichen Glückwunsch, Sofia!" „Aber ich weiß doch noch gar nicht, ob ich bestanden habe", sagte Sofia, sichtlich gerührt. „Das spielt keine Rolle", erwiderte Annika. „Du hast dein Bestes gegeben, und das allein ist Grund genug, stolz auf dich zu sein." Sofia umarmte ihre Freundin fest. „Danke, dass du immer an mich glaubst."

Die Wochen des Wartens waren fast schlimmer als die Prüfung selbst. Sofia stürzte sich wieder in die Arbeit im Café, doch immer, wenn sie eine E-Mail bekam oder ihr Handy vibrierte, hielt sie kurz den Atem an. Dann, eines Montags, kam die erlösende Nachricht. Sofia hatte nicht nur bestanden – sie hatte die Prüfung mit Bravour gemeistert. „Mit Auszeichnung", flüsterte sie ungläubig, als sie die Notenübersicht betrachtete.

Annika war die Erste, die es erfuhr. Sie ließ vor Freude beinahe die Espressokanne fallen, als Sofia ihr die Nachricht im Café zeigte. „Ich wusste es!", rief Annika und umarmte Sofia überschwänglich. „Du bist einfach unglaublich." Um diesen Erfolg zu feiern, beschlossen Sofia und Annika, ein kleines Event im „Seitenflüstern" zu organisieren. Es gab besonderen Kaffee, thematisch passende Kekse in Form von Paragrafen, und Sofia erzählte den Gästen von ihrem Weg – von den schlaflosen Nächten bis zum Moment, als sie die Prüfungsergebnisse in den Händen hielt. „Ich habe gelernt, dass wir manchmal zu hart mit uns selbst sind", sagte Sofia in ihrer Rede. „Es ist wichtig, sich Pausen zu gönnen, auf die Menschen zu hören, die uns lieben, und an uns selbst zu glauben – auch wenn wir das Gefühl haben, dass nichts klappt."

Die Gäste applaudierten, und Sofia fühlte sich an diesem Abend, als wäre sie endlich angekommen – nicht nur als frischgebackene Juristin, sondern auch als Teil einer Gemeinschaft, die sie durch jede Herausforderung tragen würde. Für Sofia war dieser Erfolg nicht nur ein persönlicher Triumph, sondern ein Beweis dafür, dass sie alles schaffen konnte, wenn sie es wirklich wollte – mit harter Arbeit, Mut und der Unterstützung der Menschen, die sie liebte.

Kapitel 7

Die stille Bibliothek

Die Wochen nach Sofias bestandener Prüfung vergingen wie im Flug. Die Sonne schien kräftiger, die Luft war frischer, doch trotz der wärmenden Helligkeit konnte Sofia nicht ganz vergessen, wie anstrengend die letzten Monate gewesen waren. Der Stress des Studiums war endlich von ihren Schultern gefallen, und doch lag eine neue, angenehme Aufregung in der Luft. Der Alltag im „Seitenflüstern", ihrem kleinen, gemütlichen Café, hielt sie und Annika weiterhin auf Trab, und jede Stunde, die sie dort verbrachten, war von einer Mischung aus Erleichterung und aufregendem Tatendrang geprägt. Immer mehr Gäste fanden ihren Weg ins Café. Die Tische füllten sich rasch, und der Duft von frisch gemahlenem Kaffee und warmem Gebäck verbreitete sich wie ein Magnet. Sofia und Annika beobachteten mit einem Lächeln, wie ihre Vision eines lebendigen Treffpunkts für Bücher- und Kaffeeliebhaberinnen langsam, aber sicher Realität wurde. Es war eine Freude, die Gespräche der Gäste zu hören, das sanfte Klingen von Tassen und das Blättern von Buchseiten, die die angenehme Atmosphäre des „Seitenflüsterns" prägten. Doch mit dem wachsenden Erfolg kam auch eine neue Herausforderung: Der Platz im Café wurde immer knapper. An Wochenenden, besonders während der beliebten Lesungen, war es oft so voll, dass einige Gäste stehen mussten oder sich gestört fühlten, wenn sie eigentlich in Ruhe lesen wollten. Es war ein Problem, das die beiden Freundinnen nicht ignorieren konnten. „Wie können wir das nur lösen?" Diese unausgesprochene Frage lag häufig in der Luft, und immer wieder warfen sich Sofia und Annika Blicke zu, die mehr sagten als Worte. Sie waren sich einig: Sie brauchten mehr Raum, doch wo sollte dieser herkommen? Die Antwort kam eines Abends, als der Tag sich bereits dem Ende zuneigte. Die Lichter im Café waren gedimmt, und die letzten Stühle wurden hochgestellt. Die Kaffeemaschine brummte leise vor sich hin, als Sofia die letzten Reste des Kaffeepulvers in den Mülleimer warf. Der Duft von frisch gemahlenem Kaffee vermischte sich mit dem von Vanille und Zimt, der noch immer in der Luft hing. In diesem Moment klopfte es an der Tür. Zu ihrer Überraschung stand Herr Gruber, der ältere Herr aus der Wohnung über ihnen, vor dem Café. Mit einem freundlichen Lächeln und einem leicht verschmitzten Blick trat er ein, als hätte er die Szene genau zur richtigen Zeit betreten. „Entschuldigen Sie die späte Störung, meine Damen", begann er mit einer sanften, beruhigenden Stimme, die immer ein wenig wie ein Flüstern klang. „Aber ich wollte Ihnen etwas mitteilen. Ich werde aus meiner Wohnung ausziehen. Meine Tochter hat mich überredet, zu ihr und den Enkeln zu ziehen, und ich denke, das ist langsam eine gute Idee." „Oh, Herr Gruber, wir werden Sie vermissen!", rief Annika aus, während sie ihm herzlich die Hand reichte. Sofia nickte zustimmend. Herr Gruber war einer ihrer treuesten Stammgäste, ein Mann mit grauen Schläfen und einer freundlichen Ausstrahlung, der oft den Nachmittag mit einem guten Buch und einem Stück Kuchen im Café verbracht hatte. Er war ein stiller Genießer, der die Gespräche der anderen beobachtete, aber nie aufdringlich war. „Ich werde das Café auch vermissen, das kann ich Ihnen versprechen", sagte Herr Gruber mit einem leisen Lächeln. „Aber wissen Sie, meine Wohnung wird frei, und ich dachte mir, vielleicht könnten Sie etwas damit anfangen." Die beiden Freundinnen sahen sich überrascht an. „Ihre Wohnung?", fragte Sofia, noch ein wenig unsicher, was er damit meinte. „Ja", bestätigte Herr Gruber. „Es ist ein gemütlicher Platz, ein bisschen in die Jahre gekommen, aber mit dem richtigen Blick lässt sich sicher etwas daraus machen. Ich dachte mir, bevor jemand Fremdes einzieht, biete ich sie Ihnen an. Schließlich passen Sie wunderbar in dieses Haus."

Sofia spürte, wie ihre Augen aufleuchteten. Die Idee traf sie wie ein Blitz. In diesem Moment, zwischen dem leisen Brummen der Kaffeemaschine und dem sanften Klirren der Kaffeetassen, schien sich die Lösung für ihr Problem auf einmal vor ihr zu entfalten. Doch je länger sie darüber nachdachten, desto klarer wurde ihnen, dass dies die perfekte Gelegenheit war, ihre Schwierigkeiten mit dem begrenzten Platz zu lösen.

Am nächsten Tag besichtigten sie die Wohnung. Die Tür knarrte beim Öffnen, und der Geruch von alten Möbeln und staubigem Holz schlug ihnen entgegen. Der Raum war älter, als sie erwartet hatten – die Tapeten hatten längst ihre besten Jahre hinter sich, und der Boden knarrte bei jedem Schritt, als wolle er sie daran erinnern, wie viele Jahre dieser Ort schon gesehen hatte. Doch Sofia spürte sofort das Potenzial des Raumes. Die großen Fenster ließen viel Licht herein, und der Grundriss bot reichlich Platz, um ihre Idee zu verwirklichen. Die Idee einer „Stillen Bibliothek", einem Rückzugsort der Ruhe, um den Lärm des Cafés hinter sich zu lassen. „Stell dir vor", sagte Sofia, während sie durch das Wohnzimmer ging und die hohe Decke betrachtete, „eine Oase der Ruhe, wo unsere Gäste in bequemen Sesseln lesen können, ohne das Stimmengewirr des Cafés. Vielleicht mit ein paar extra Regalen voller Bücher, die man nur hier oben findet." Annika nickte begeistert, ihre Augen strahlten. „Und wir könnten ein kleines Selbstbedienungsbuffet für Tee und Snacks einrichten, damit niemand gestört wird."

Der Plan stand, und sie entschlossen sich, das Angebot anzunehmen. Doch wie immer war der Weg dorthin nicht einfach. Die Wohnung musste komplett renoviert werden, was einen enormen Aufwand bedeutete. Aber das hielt die beiden nicht auf. Sie schoben Möbel, rissen alte Tapeten ab, zogen mit Hämmern und Nägeln durch die Räume. Freunde und Stammkunden halfen, jeder ein bisschen, und sogar Herr Gruber, der jetzt ein bisschen mehr Zeit auf den Füßen hatte, kam vorbei, um nach dem Fortschritt zu sehen. „Ich bin froh, dass meine alte Wohnung in so guten Händen ist", sagte er eines Nachmittags, als er sich auf einen Hocker setzte und einen Kaffee trank, während er sich das Ergebnis ihrer Arbeit ansah. Schritt für Schritt nahm die Wohnung Gestalt an. Die Wände wurden in sanften, warmen Erdtönen gestrichen, die die Ruhe und Wärme des Raumes unterstrichen. Große Bücherregale wurden an die Wände geschraubt und füllten den Raum mit einer Fülle von Geschichten. Weiche Teppiche dämpften die Schritte, und die Fenster wurden mit zarten, transparenten Vorhängen versehen, die das Sonnenlicht sanft filterten. Annika fand in einem Antiquitätengeschäft einen wunderschönen alten Lesesessel, den sie in einer Ecke platzierte, und Sofia suchte akribisch nach handverlesenen Büchern, die perfekt zur

Atmosphäre passten – Klassiker, aber auch unbekannte Juwelen, die in keinem anderen Café zu finden waren.

Als der Tag der Eröffnung der „Stillen Bibliothek" endlich gekommen war, war der Raum kaum wiederzuerkennen. Jedes Detail war sorgfältig abgestimmt – von den handgeschriebenen Schildern an den Wänden bis hin zu den Bücherstapeln, die wie zufällig, aber doch harmonisch arrangiert waren. Die Gäste wurden mit einem kleinen Schild am Eingang begrüßt: „Herzlich willkommen in der Stillen Bibliothek – ein Ort zum Lesen, Träumen und Verweilen." Daneben stand eine große alte Vase mit frisch gepflückten Blumen, die Annika am Morgen vom Markt geholt hatte. Der Raum strahlte eine Wärme und Ruhe aus, die man förmlich spüren konnte, und die sanfte Beleuchtung sorgte dafür, dass die Gäste sich sofort willkommen fühlten. Als die ersten Gäste die Treppe hinaufgingen, hielten sie inne. Sie betraten den Raum und atmeten tief ein, als wollten sie den Duft von frischen Büchern und den Hauch von Lavendel in sich aufnehmen. Der obere Stock war kaum wiederzuerkennen. Die Wände strahlten eine beruhigende Ruhe aus, während die Bücherregale den Raum mit einer Fülle von Farben und Geschichten füllten. Bequeme Sessel standen an den Wänden, kleine Beistelltische mit flackernden Kerzen und Tassen, die von Tee dampften. Ein Gast, ein älterer Herr mit einem Stapel Bücher unter dem Arm, blieb mitten im Raum stehen und lächelte, als würde er den Zauber des Ortes in sich aufnehmen. „So etwas habe ich noch nie gesehen", sagte er leise, als wollte er die Magie des Ortes nicht stören. Ein junges Paar setzte sich an einen Fensterplatz und begann, gemeinsam in einem Gedichtband zu blättern. Die Gruppe von Studenten, die schon seit Monaten Stammgäste im „Seitenflüstern" waren, hatte es sich in der Leseecke gemütlich gemacht, jeder vertieft in ein Buch und eine Tasse Tee in der Hand. Annika und Sofia beobachteten das Geschehen aus der Nähe, immer darauf bedacht, dass jeder Gast ungestört bleiben konnte. „Schau sie dir an", flüsterte Annika und nickte in Richtung einer jungen Frau, die es sich mit einer Decke in einem der antiken Sessel bequem gemacht hatte. „Sie sieht aus, als wäre sie in ihrer ganz eigenen Welt." „Genau das war unser Ziel", antwortete Sofia und fühlte eine warme Zufriedenheit, die sie seit ihrer ersten Idee für das „Seitenflüstern" nicht mehr so stark empfunden hatte. Die „Stille Bibliothek" wurde schnell zu einem beliebten Rückzugsort. Gäste kamen nicht nur, um zu lesen, sondern auch, um dem hektischen Treiben der Stadt zu entfliehen. Die ersten handgeschriebenen Dankesnotizen wurden bald hinterlassen: „Vielen Dank für diesen wunderbaren Ort", schrieb eine Besucherin. „Ich habe schon lange nicht mehr so entspannt gelesen." Als der Abend der Eröffnung zur Neige ging und die letzten Gäste leise die Treppe hinuntergingen, ließen sich Sofia und Annika erschöpft, aber glücklich auf die Treppe zwischen den beiden Stockwerken nieder. Der Duft des frischen Holzbodens mischte sich mit der Stille des Abends, und das sanfte Ticken der Pendeluhr hallte in ihren Ohren. „Weißt du", begann Annika, während sie ihren Kopf gegen das Geländer lehnte, „ich hätte nie gedacht, dass wir so weit kommen würden. Als wir damals über unser Büchercafé geträumt haben, war das alles so weit weg. Und jetzt ..." Sofia sah sie an, ihre Augen weiteten sich vor Zufriedenheit. „Ich weiß, was du meinst", sagte sie lächelnd.

Kapitel 8

Tierfreunde

Nach der Eröffnung der Stillen Bibliothek schien im „Seitenflüstern" alles in einem harmonischen Rhythmus zu laufen. Der Klang von flüsternden Gesprächen, das sanfte Umrühren von Löffeln in Kaffeetassen und das Rascheln von Buchseiten hatten sich zu einem vertrauten Hintergrundgeräusch entwickelt, das sowohl für die Gäste als auch für die Freundinnen ein beruhigendes Gefühl von Normalität und Frieden vermittelte. Die Gäste liebten die neue Oase der Ruhe, und Sofia und Annika waren erfüllt von dem Gefühl, ihre Vision weiter ausgebaut zu haben. Das Café hatte sich zu einem lebendigen Treffpunkt entwickelt, an dem Menschen jeglichen Alters und aus allen Ecken der Stadt zusammenkamen, um in den gemütlichen Ecken zu lesen, zu entspannen oder sich in tiefgründige Gespräche zu vertiefen. Doch während das Café und die Bibliothek zu blühenden Treffpunkten wurden, gab es zwei ganz besondere Bewohner, die bereits von Anfang an Teil dieser Geschichte waren und die Gäste immer wieder aufs Neue verzauberten: Kovu und Kiara, die beiden Katzen von Sofia und Annika. Sie waren nicht nur Haustiere, sondern fast schon ein integraler Bestandteil des „Seitenflüstern". Kovu, der verspielte, schwarze Kater mit der unbändigen Energie und einer ganz besonderen Vorliebe für alles, was aus Kartons bestand, und Kiara, die elegante, grau getigerte Katze, die mit ihrer Anmut und ihrem ruhigen Wesen die perfekte Balance zu Kovus Abenteuerlust bildete, hatten von

Anfang an eine zentrale Rolle gespielt. Ihre Präsenz war wie ein stiller, aber bedeutender Bestandteil des Cafés, und man konnte sich kaum vorstellen, dass es einen Tag ohne sie gab. Kovu war ein lebendiger Wirbelwind, der, kaum einen Schritt in den Raum gesetzt, sofort in die Abenteuer des Tages eintauchte. Es war fast unmöglich, ihn nicht zu bemerken, wenn er sich mitten im Café auf dem Lieblingssessel eines Gastes zusammenrollte oder neugierig über die Tische tappte, um den Duft von frisch gebrühtem Kaffee einzufangen. Die Gäste liebten es, ihn zu beobachten, wie er mit seinen kräftigen, eleganten Bewegungen durch das Café schlich, dabei immer ein wenig zu viel Aufmerksamkeit auf sich zog, ohne sich je wirklich darum zu kümmern.

Kiara hingegen war die stille Beobachterin. Sie war diejenige, die sich unauffällig in die ruhigeren Ecken zurückzog, meistens dort, wo die Atmosphäre besonders friedlich war – etwa in der Stillen Bibliothek im oberen Stockwerk. Es war ihr Rückzugsort, an dem sie ungestört in einer Ecke zwischen den Bücherstapeln ruhen konnte. Häufig wurde sie dabei entdeckt, wie sie in einer der gemütlichen Ecken lag, als würde sie selbst über die Geschichten nachdenken, die in den Büchern verborgen waren. Ihre ruhige Eleganz war wie der sanfte Fluss eines Bachs, der im Hintergrund murmelte, und sie schenkte dem „Seitenflüstern" eine Atmosphäre von Geborgenheit und Ruhe. An einem frühen Sommermorgen, als die ersten Sonnenstrahlen durch die Fenster des Cafés strahlten und der Duft von frisch gebrühtem Kaffee die Luft erfüllte, bemerkte Annika, dass Kiara ungewöhnlich ruhelos wirkte. Sie war es nicht gewohnt, so unruhig zu sein, und ihre Bewegungen schienen eher ziellos als wie sonst mit Bedacht. „Was ist denn los, Mäuschen?", fragte Annika sanft, während sie sich hinunterbeugte, um die Katze zu streicheln. Doch Kiara, die sonst so gelassen war, schien mit ihren Gedanken woanders zu sein. Sie drehte sich mehrmals im Kreis, bevor sie auf einem der Sesseln platznahm, doch auch dort konnte sie nicht wirklich zur Ruhe kommen. „Vielleicht vermisst sie etwas", überlegte Sofia, die ebenfalls die Katze beobachtete. „Sie hat hier alles, was sie sich wünschen könnte. Sie bekommt Streicheleinheiten, Aufmerksamkeit, einen gemütlichen Platz – aber sie ist so zurückhaltend." Die Bemerkung blieb den beiden Freundinnen im Kopf. Es war nicht typisch für Kiara, sich so unruhig zu verhalten, und es ließ in Annika die leise Vermutung aufkommen, dass etwas in der Katze fehlte.

Später, als der Tag im „Seitenflüstern" verging und der Abend nahte, kam Annika eine Idee, die sie nicht mehr losließ. „Was, wenn sie Gesellschaft braucht? Kovu ist ja eher ein Wirbelwind, aber vielleicht ... na ja, vielleicht wünscht sie sich eine eigene kleine Familie?" Sofia sah sie überrascht an. „Du meinst, Babys?", fragte sie, aber ihre Überraschung wich schnell einem Schmunzeln. „Das wäre tatsächlich süß." Die Vorstellung, dass Kiara Mutter werden könnte, war sofort von einer tiefen Sympathie durchzogen, und ein neues, süßes Bild entstand in ihren Köpfen. Nach einigem Überlegen und mit einem Gefühl von Entschlossenheit beschlossen die beiden, Kiara und Kovu die Chance zu geben, ihre Familie zu erweitern. Sie holten sich Rat bei einem erfahrenen Tierarzt, der ihnen versicherte, dass beide Katzen gesund und bereit für die Elternschaft waren. Es gab also nichts, was einer Familiengründung im Wege stand.

Die Wochen vergingen, und das Café florierte weiter, während die beiden Freundinnen gespannt dem Tag entgegenblickten, an dem Kiara ihre Kleinen zur Welt bringen würde. Eines Morgens, als die ersten Sonnenstrahlen das Café in ein warmes, goldenes Licht tauchten, war es schließlich so weit. Kiara hatte sich in einer gemütlichen Ecke der Bibliothek ein Nest aus weichen Decken und Kissen eingerichtet und brachte drei winzige Kätzchen zur Welt. Die Freude bei Sofia und Annika war überwältigend. Sie betrachteten die kleinen, zarten Geschöpfe mit glänzenden Augen und Herzen, die vor Liebe und Staunen überquollen.

Die Kätzchen – eine schwarze, wie Kovu, und zwei mit Kiara's feinem grau getigertem Muster – wurden schnell zu kleinen Stars des Cafés. Während sie die ersten zaghaften Schritte machten und sich immer wieder von einem vertrauten Geräusch erschrecken ließen, begannen die Gäste zu bemerken, dass es im „Seitenflüstern" einen neuen Zauber gab. Die Kätzchen – Whisky, Sasu und Lilly, wie sie von Sofia und Annika genannt wurden – waren so verspielt, dass sie den Raum in einem ständigen Zustand von Freude und Lachen hielten. Es war schwer, ihnen nicht zu folgen, wenn sie sich anmutig über den Boden schlichen oder in den Stühlen herumkletterten. Ihre kleinen Pfoten und die unschuldige Neugier übertrugen sich schnell auf alle, die zu Gast im Café waren. Während die Kätzchen heranwuchsen, wurden sie immer aktiver und sorgten für unzählige herzerwärmende Momente. Gäste blieben länger, um die Kätzchen spielen zu sehen, und viele kamen regelmäßig nur, um ihre Entwicklung zu verfolgen. Bald waren die kleinen Samtpfoten in den meisten Ecken des Cafés anzutreffen. Es war nicht ungewöhnlich, dass ein Kätzchen auf einem Buchstapel schlief oder sich bei einem Tisch voller Gäste in einem leeren Stuhl gemütlich machte. Doch nicht nur die Kätzchen eroberten die Herzen der Gäste. Kiara, die ihre Kleinen mit einer sanften Hingabe umsorgte, blühte als Mutter richtig auf. Ihre zurückhaltende Art hatte sich in eine tiefe Zuneigung und Fürsorge verwandelt. Kovu, der sonst so ungestüme Kater, zeigte sich plötzlich viel sanfter und fürsorglicher. Manchmal war er zu sehen, wie er mit ruhigen, fast zärtlichen Bewegungen die Kleinen beobachtete oder sich zu ihnen legte, als wollte er sie beschützen. Die kleine Katzenfamilie brachte eine neue Wärme ins „Seitenflüstern", die selbst die Freundinnen überraschte. Es war, als ob der Raum nun von einer unsichtbaren Verbindung durchzogen war, die mehr war als nur der Kaffee und die Bücher – es war ein Ort, der von echter Liebe erfüllt war.

Die Kätzchen sprangen bald zwischen den Stühlen umher, jagten sich spielerisch oder rollten sich auf den Kissen zusammen, und schlichen sich so in die Herzen aller, die sie sahen. Sofia und Annika sahen sich oft an und wussten genau, dass sie das Richtige getan hatten, indem sie Kiara und Kovu die Möglichkeit gegeben hatten, ihre Familie zu erweitern. „Weißt du", sagte Annika eines Abends, als sie Kovu und Kiara dabei zusah, wie sie gemeinsam mit den Kleinen auf einem weichen Kissen ruhten, „es fühlt sich an, als ob das hier mehr ist als nur ein Café. Es ist wie ein Zuhause – nicht nur für uns, sondern auch für alle anderen." Sofia nickte und lächelte. „Und jetzt, wo unsere Familie gewachsen ist, fühlt sich alles noch vollständiger an." Das „Seitenflüstern" war nicht mehr nur ein Büchercafé.

Kapitel 9

Eine kurze Pause

Zwei Jahre waren vergangen, seit das „Seitenflüstern" seine Türen geöffnet hatte, und in dieser Zeit hatte sich viel verändert. Das Café war längst zu einem festen Bestandteil der Nachbarschaft geworden, ein Ort, an dem sich Menschen aus allen Ecken der Stadt versammelten, um sich eine Auszeit vom Alltag zu gönnen. Der stetige Erfolg des Cafés war nicht nur auf den Kaffee und die Bücher zurückzuführen, sondern auch auf die einladende Atmosphäre, die Sofia und Annika geschaffen hatten. Die Stillen Bibliothek florierte, das Konzept, einen ruhigen Rückzugsort zu bieten, war zu einem unschätzbaren Teil des „Seitenflüstern" geworden. Die Kätzchen von Kiara und Kovu, mittlerweile ein untrennbarer Teil des Cafés, waren in den vergangenen Monaten immer mehr zu einer liebenswerten Attraktion geworden. Ihre süßen, verspielten Eskapaden hatten die Herzen der Gäste im Sturm erobert, und sie waren inzwischen ein fester Bestandteil des täglichen Geschehens. Doch trotz des wachsenden Erfolgs merkten Sofia und Annika, dass sie an die physischen Grenzen ihres kleinen, gemütlichen Cafés stießen. Der Platz, der anfangs wie ein vertrauter Rückzugsort gewirkt hatte, war mittlerweile zu eng geworden. Die Regale quollen über vor Büchern, und auch der Raum für die Gäste war viel zu knapp bemessen, um der stetig wachsenden Nachfrage gerecht zu werden. Zu allem Überfluss stieg auch die Nachfrage nach frischen Backwaren stetig an. Es war klar: Sie brauchten mehr Raum – sowohl für die

Bücher als auch für die Gäste. Aber wie könnte man das schaffen, ohne die besondere Atmosphäre zu verlieren, die das „Seitenflüstern" ausmachte? „Weißt du, was ich mir vorstelle?", sagte Annika eines Abends, als sie und Sofia bei einer Tasse Tee zusammensaßen, nach einem langen Tag voller Gespräche mit den Gästen. Der Abend war ruhig, und durch das Fenster fiel das sanfte Licht des späten Nachmittags. „Es ist fast, als würden wir immer weiter an den Grenzen unseres Raumes stoßen. Es wäre schön, mehr Platz zu haben, sowohl für die Bücher als auch für unsere Gäste." Sofia, die in den letzten Tagen oft die Engpässe des Cafés bemerkt hatte, nickte nachdenklich. „Du hast recht. Das Café ist gemütlich, aber der Platz ist jetzt einfach zu knapp. Es fühlt sich fast so an, als wären wir im Moment mehr Gäste als das Café Platz hat. Und auch bei den Backwaren haben wir viel zu wenig Auswahl." „Genau!", stimmte Annika zu. „Vielleicht ist es an der Zeit, einen Schritt weiterzugehen. Ich habe über eine Sanierung nachgedacht. Neue Regale für die Bücher, vielleicht sogar ein paar extra Tische, damit wir den Ansturm an Gästen besser bewältigen können." Sofia ließ sich die Idee durch den Kopf gehen. Sie konnte sich die Veränderungen schon vorstellen – neue Tische, eine bessere Struktur für die Regale, mehr Platz für die Gäste und noch mehr Platz für die vielen Bücher, die sie liebten. Schließlich nickte sie zustimmend. „Das könnte wirklich ein Wendepunkt für uns sein. Aber wir müssen sicherstellen, dass wir es richtig machen. Es darf nicht nur mehr Platz schaffen, es muss auch die Atmosphäre bewahren, die das ‚Seitenflüstern' so besonders macht." Der Gedanke war gesetzt. Es war der Moment, in dem die Idee von einer größeren, besseren Version des „Seitenflüstern" Gestalt annahm. In den folgenden Tagen begannen sie, mit verschiedenen Handwerkern und Designern zu sprechen, die ihnen bei der Umsetzung ihrer Vision helfen sollten. Es gab viele Gespräche, viele Skizzen und eine Menge Überlegungen, wie man das Café erweitern konnte, ohne den Charme und die Gemütlichkeit zu verlieren, die es von Anfang an ausgezeichnet hatten. Der größte Wunsch war, den unteren Bereich so umzugestalten, dass er mehr Tische und eine bessere Struktur für die Bücherregale bot, ohne die heimelige Atmosphäre zu zerstören. Der obere Stock, der Raum der Stillen Bibliothek, sollte ebenfalls einen frischen Anstrich bekommen und mehr Platz für die Bücher bieten, ohne dass die Ruhe, die dort herrschte, verloren ging. Und natürlich gab es da noch das Problem mit den Backwaren: Annika konnte nicht mehr allein den gesamten Bedarf an süßen und herzhaften Leckereien decken. „Es wäre perfekt, wenn wir einen richtigen Bäcker finden könnten, der uns täglich beliefert", sagte Annika, als sie einen der Bäcker in der Nähe anrief. „Jemanden, der frische Weckerln, Croissants und vielleicht auch gefüllte Weckerl bringt – so richtig lecker, frisch und regional." Sofia war begeistert von der Idee. „Das würde unserem Café einen neuen Touch verleihen, und es wäre ein echter Gewinn für die Gäste. Etwas, das sie täglich erwarten können." Die Idee, einen externen Bäcker zu engagieren, schien die perfekte Lösung für das Problem zu sein und würde den Gästen eine noch größere Auswahl bieten. Mit der Entscheidung zur Sanierung stand nun viel an. Sofia und Annika mussten ihre finanziellen Mittel genau prüfen und einen klaren Plan aufstellen. Es war klar, dass die Sanierung nicht von heute auf morgen über die Bühne gehen konnte, und auch die Umsetzbarkeit im laufenden Betrieb war eine Herausforderung. Sie entschieden sich, mit den Handwerkern in Phasen zu arbeiten, um das Café weiterhin betreiben zu können, während die Umbauten stattfanden. Das hieß: Viel Geduld, viel Organisation und einige Wochen intensiver Arbeit.

Doch nach vielen Gesprächen, Entwürfen und Planungen konnte es endlich losgehen. Es war ein regnerischer Montagmorgen, als die ersten Handwerker mit den Umbauarbeiten begannen. Das Café war für den Tag geschlossen, doch Sofia und Annika waren im ständigen Austausch mit den Arbeitern, um sicherzustellen, dass alles nach ihren Vorstellungen lief. Es war aufregend zu sehen, wie sich der Raum nach und nach veränderte. Die Wände im unteren Bereich wurden aufgerissen, um Platz für neue Regale zu schaffen, die den vielen Bücherstapeln gerecht werden sollten. Der Boden wurde erneuert, und die Raumaufteilung nahm allmählich Formen an. Die Gäste mussten zwar eine Weile auf ihre gewohnte Umgebung verzichten, doch der Fortschritt motivierte beide Frauen, auch wenn der Lärm und das Durcheinander der Baustelle anstrengend waren. „Es wird eine Weile dauern", sagte der Handwerker, als er die Pläne durchging. „Wir müssen mit der Elektrik und den Regalen anfangen, dann geht's weiter mit der neuen Küche."

In den folgenden Wochen war das Café von Baustellenlärm erfüllt. Annika hatte einige Tage frei, um sicherzustellen, dass alles reibungslos lief. Gleichzeitig kümmerte sie sich um das tägliche Geschäft, betreute die Kunden und backte weiterhin selbst, was sie konnte. Sofia, die inzwischen ihr Masterstudium fortsetzte, befand sich mitten in der Prüfungsphase, aber sie jonglierte ihre akademischen

Verpflichtungen mit den Anforderungen der Sanierung. Es war eine anstrengende Zeit, aber die Vorstellung von dem fertigen Café trieb sie an. Die größte Herausforderung war wohl der Einbau der neuen Küche. Die bestehende Küche war bereits sehr eng, und der Gedanke, dort nun auch noch Platz für einen externen Bäcker zu schaffen, war nicht ohne. Doch nach zahlreichen Umplanungen und Anpassungen war die neue Küche schließlich so weit, dass sie frische Croissants, gefüllte Weckerl und kleine Törtchen aufnehmen konnte, die nun regelmäßig geliefert wurden. Der große Moment kam, als die Renovierung endlich abgeschlossen war. Das „Seitenflüstern" erstrahlte in neuem Glanz. Der Raum wirkte nun größer, heller und noch einladender. Neue Tische, eine Vielzahl neuer Bücherregale und – das Highlight – die moderne Küche, die jetzt auch Platz für die Lieferung der frischen Backwaren bot. Die Gäste waren begeistert, als sie den renovierten Raum betraten. „Es ist so viel luftiger hier", sagte eine der Stammgäste, während sie sich mit einem Tee an einen der neuen Tische setzte. „Und die Auswahl an Gebäck ist einfach himmlisch!" Die neue Atmosphäre und das erweiterte Angebot zogen immer mehr Menschen an. Die frischen Backwaren waren ein voller Erfolg. Der Duft von frisch gebackenem Brot, Croissants und süßen Leckereien vermischte sich mit dem Aroma des Kaffees und den Geschichten der Bücher und zog die Gäste förmlich an. „Es fühlt sich wirklich wie ein neuer Anfang an", sagte Annika, als sie die ersten Gäste mit frisch gebackenen Teilchen versorgte. „Und ich denke, das ist erst der Anfang." Sofia nickte und lächelte zufrieden, während sie den Raum betrachtete. „Ja, wir haben es geschafft. Und es fühlt sich einfach großartig an." Für Sofia und Annika war die Sanierung ein entscheidender Moment auf ihrer Reise.

Kapitel 10

Vor der Kamera

Die Wochen nach der Sanierung vergingen wie im Flug, und das „Seitenflüstern" war lebendiger denn je. Die Veränderungen waren mehr als nur oberflächlich; sie hatten das Café auf eine neue Ebene gehoben. Die Gäste liebten die neue Gestaltung, die frischen Backwaren fanden reißenden Absatz, und die erweiterten Bücherregale sorgten für Begeisterung bei den Stammgästen und Neulingen. Das Café hatte sich zu einem noch einladenderen Ort entwickelt, an dem Menschen sich trafen, um zu lesen, zu genießen und zu entspannen. Kiara und Kovu, die mittlerweile eine kleine Familie mit ihren drei Kätzchen Whisky, Sasu und Lilly bildeten, waren zu heimlichen Stars des Cafés geworden. Ihre verspielte Art und die charmante Unaufdringlichkeit hatten sich als wahrer Publikumsmagnet entpuppt. Besonders die ruhigen Momente, in denen die Katzen sich zwischen den Regalen bewegten oder sich in der Stillen Bibliothek auf den Schößen der Lesenden niederließen, sorgten immer wieder für herzliche Lächeln und Staunen.

Eines Abends, als Sofia und Annika gerade den Tag abschlossen und die letzten Tische abwischten, klingelte das Telefon. Annika nahm den Anruf entgegen, und eine klare, energische Stimme meldete sich am anderen Ende der Leitung. „Hallo, hier ist Laura, Redakteurin bei ‚Inspiration Europa'. Wir suchen für unsere Sendung nach besonderen Geschichten von Menschen, die mit Kreativität und Leidenschaft etwas Einzigartiges aufgebaut haben. Ihr Büchercafé wurde uns empfohlen, und wir würden Sie und Ihr Café gerne vorstellen." Annika starrte einen Moment lang auf den Hörer, völlig verblüfft. Dann hielt sie den Hörer mit großen Augen in die Luft und rief: „Das musst du hören! Sie wollen über uns im Fernsehen berichten!" Sofia übernahm das Gespräch und sprach mit der Redakteurin. Die Worte der Redakteurin waren ebenso aufregend wie unerwartet, aber als sie das Gespräch beendete, herrschte für einen Moment absolute Stille. Dann sprang Annika plötzlich auf und jubelte. „Europaweit ausgestrahlt! Kannst du dir das vorstellen? Unser kleines Café im Fernsehen!" Ihre Augen funkelten vor Aufregung, während Sofia, ebenfalls mit einem Lächeln, den Gedanken auf sich wirken ließ.

Die nächsten Wochen standen ganz im Zeichen der Vorbereitung. Das Team von „Inspiration Europa" hatte ein Kamerateam geschickt, das für einen ganzen Tag das Café filmen sollte. Sie wollten die Atmosphäre einfangen, Interviews mit Sofia und Annika führen und einen Blick hinter die Kulissen des „Seitenflüstern" werfen. Das bedeutete für die beiden, dass es viel zu tun gab. Sie wollten sicherstellen, dass alles perfekt war. Die Bücher wurden neu sortiert, um den Raum noch einladender zu machen. Die Stillen Bibliothek erhielt ein paar liebevolle Details – frische Blumen in kleinen Vasen, kuschelige Decken auf den Sesseln – um den Charme des Ortes zu betonen. Die Katzen bekamen ein kleines Pflegeprogramm, um ihr natürliches, charismatisches Aussehen zu unterstützen. Whisky, Sasu und Lilly schienen den Trubel der Vorbereitung zu genießen, während Kiara und Kovu etwas skeptisch beobachteten, wie die Kameraausrüstung hereingetragen wurde. Der Drehtag war aufregend. Das Kamerateam filmte den ganzen Tag lang die Details des Cafés – von der dampfenden Kaffeemaschine, die den typischen, verlockenden Duft von frisch gebrühtem Kaffee verströmte, bis hin zu den liebevoll arrangierten Bücherregalen. Sogar die Katzen kamen nicht zu kurz: Kiara machte ihrem Ruf als heimliche Chefin alle Ehre, als sie majestätisch vor der Kamera posierte. Whisky war neugierig und inspizierte sogar die Tasche des Kameramanns, während Lilly mit Sasu durch die Stillen Bibliothek tollte, als wären sie die unschuldigen Protagonisten eines Märchens. Sofia und Annika wurden in der Stillen Bibliothek interviewt, umgeben von den Regalen voller Bücher und dem leisen, beruhigenden Schnurren der Katzen. Der Moderator fragte Sofia: „Was ist Ihre größte Motivation, das ‚Seitenflüstern' zu führen?" Sofia überlegte kurz und antwortete dann mit einem Lächeln: „Es war schon immer mein Traum, Bücher und Menschen zusammenzubringen. Ich wollte einen Ort schaffen, an dem Geschichten lebendig werden, an dem man dem Trubel des Alltags entfliehen und sich einfach eine Pause gönnen kann." Annika, die immer ein wenig gesprächiger war, ergänzte: „Für mich sind es der Kaffee – und natürlich die Gemeinschaft. Unsere Katzen tragen so viel dazu bei, dass sich die Menschen hier wie zu Hause fühlen. Es ist ein Ort, an dem man einfach nur sein kann. Hier geht es nicht um Perfektion, sondern um das Gefühl, angekommen zu sein." Die Aufnahmen wurden mit wunderschönen Bildern abgerundet: Gäste, die lächelnd in den Regalen nach neuen Schätzen stöberten, dampfende Tassen Kaffee, die mit Liebe serviert wurden, und die Katzen, die sich entspannt zwischen den Tischen bewegten oder in ihren Lieblingsplätzen in der Stillen Bibliothek zur

Ruhe kamen. Einige Wochen später war es dann endlich so weit. Die Sendung wurde ausgestrahlt, und Sofia und Annika saßen mit ein paar Freunden, Stammgästen und natürlich den Katzen vor dem Fernseher, um den Moment zu feiern. Als die vertrauten Bilder des „Seitenflüstern" über den Bildschirm flimmerten, unterlegt mit ruhiger Musik und warmen Farben, bekam das Duo Gänsehaut. „Das ist wirklich unser Café", flüsterte Sofia, ihre Stimme war leise, fast ehrfürchtig. „Und jetzt sieht es die ganze Welt", fügte Annika mit einem stolzen Lächeln hinzu. Die Ausstrahlung hatte eine sofortige Wirkung. Am nächsten Tag klingelte das Telefon ununterbrochen, und die Social-Media-Seiten des Cafés explodierten förmlich vor Nachrichten, Kommentaren und Anfragen. Menschen aus ganz Europa wollten das „Seitenflüstern" besuchen, mehr über die Bücher erfahren oder einfach nur ihre Bewunderung für das Konzept ausdrücken. „Es ist unglaublich", sagte Sofia, als sie die Flut an Nachrichten sah. „Ich hätte nie gedacht, dass so viele Menschen sich für unsere kleine Welt hier interessieren würden." Die Tage danach waren turbulent. Touristen aus anderen Ländern tauchten plötzlich im Café auf, fragten nach Empfehlungen oder erzählten, wie sehr sie die Idee eines Büchercafés begeisterte. Einige waren sogar so inspiriert, dass sie nach Tipps fragten, um etwas Ähnliches in ihrer eigenen Stadt zu gründen. Der unerwartete Ansturm war eine wahre Überraschung, doch Sofia und Annika meisterten auch diese Herausforderung mit der gleichen Entschlossenheit, die sie von Anfang an begleitet hatte. Mit dem wachsenden Erfolg kamen neue Herausforderungen, darunter die Notwendigkeit, mehr Personal einzustellen, um den Ansturm zu bewältigen. Doch sie wussten, dass dies nur der Anfang war.

Kapitel 11

Jung und Alt

Die Wochen nach der Ausstrahlung des Fernsehbeitrags hatten das „Seitenflüstern" in eine neue Dimension gehoben. Sofia und Annika hatten es geschafft, den Ansturm der neugierigen Gäste zu meistern, ohne den Charme und die Herzlichkeit ihres Cafés zu verlieren. Der einstige ruhige Zufluchtsort war jetzt ein beliebter Treffpunkt, doch auch inmitten des stetig wachsenden Zustroms von Gästen hatten die beiden es geschafft, das Café einladend und gemütlich zu erhalten. Die Hektik nahm allmählich ab, und langsam kehrte wieder der Alltag ein – jedoch ein Alltag, der sich verändert hatte, angereichert durch die Geschichten und Begegnungen der vielen Besucher, die nun durch ihre Tür kamen. Es waren nicht nur die vielen Touristen, die dem Café seinen neuen Glanz verliehen, sondern auch immer mehr Senioren aus der Nachbarschaft, die das „Seitenflüstern" als ihren Rückzugsort entdeckten. Die angenehme Atmosphäre, der Duft von frisch gebrühtem Kaffee und das sanfte Rascheln der Seiten inmitten der stillen Bibliothek schienen einen Magneten auf die älteren Gäste auszuüben. Diese fanden hier eine Oase der Ruhe, in der sie in Zeitungen stöbern, Kaffee trinken oder die Gesellschaft der Katzen genießen konnten. Es war der perfekte Ort, um die Zeit zu genießen, ohne sich hetzen zu müssen. „Weißt du, was uns noch fehlt?", fragte Annika eines Morgens, als sie die Kaffeemaschine startete und den ersten Espresso des Tages zubereitete. „Etwas für unsere älteren Gäste.

Viele von ihnen sitzen hier, lesen die Zeitung oder plaudern miteinander, aber wir könnten ihnen noch mehr bieten." Sofia dachte einen Moment nach und nickte. „Vielleicht könnten wir Tageszeitungen auslegen. Und was hältst du von Kreuzworträtseln oder Sudoku-Heften? Das könnte für ein bisschen Abwechslung sorgen."
Die Idee war schnell umgesetzt. Ein kleines Regal in der Nähe des Eingangs wurde mit verschiedenen Zeitungen und Rätselheften ausgestattet. Ein kleiner Tisch in der Ecke bekam einen Stapel von Bleistiften, damit die Rätsel gleich gelöst werden konnten. Es dauerte nicht lange, bis die neuen Angebote begeistert angenommen wurden. Senioren saßen mit konzentrierten Gesichtern über Kreuzworträtseln, diskutierten angeregt über Artikel aus der Zeitung oder versuchten sich gemeinsam an schwierigen Sudoku-Rätseln. Doch das neue Angebot sprach nicht nur die älteren Gäste an. Auch jüngere Besucher, die vielleicht eine Pause von ihren Smartphones suchten, griffen gelegentlich zu den Rätseln oder blätterten in der Tageszeitung. Bald war die neue Ecke des Cafés ein wahrer Treffpunkt für Jung und Alt, ein Ort des Austauschs und der Begegnung.

„Ich liebe es, wie sich hier alles mischt", sagte Sofia eines Nachmittags zu Annika, als sie hinter der Theke standen und den Raum überblickten. Ihre Blicke schweiften über die Tische. An einem saß ein älterer Herr, der einer jungen Frau gerade erklärte, wie man ein besonders schwieriges Kreuzworträtsel löst. An einem anderen Tisch kicherte eine Gruppe von Kindern, die in der Stillen Bibliothek versuchten, Lilly zu streicheln, die sich gerade genüsslich auf einem Sessel ausstreckte und völlig unbeeindruckt von den Kindern war. Doch dann fiel den beiden etwas anderes auf: Am hinteren Tisch saß eine junge Frau, die ganz in ihre Arbeit vertieft schien. Sie hatte ein Notizbuch vor sich und kritzelte unermüdlich hinein, den Kopf immer wieder zur Seite geneigt, als würde sie über einen schwierigen Gedanken nachdenken. „Hast du die schon mal hier gesehen?", fragte Annika leise, während sie zwei leere Tassen abräumte. Sofia schüttelte den Kopf. „Nein, aber sie scheint sich wohlzufühlen. Sie ist schon seit Stunden hier." Annika betrachtete die junge Frau für einen Moment und lächelte dann. „Vielleicht schreibt sie etwas. Eine Geschichte? Ein Tagebuch? Es sieht aus, als wäre sie völlig vertieft." Später, als Sofia mit einem Tablett durch den Raum ging, blieb sie kurz an dem Tisch der jungen Frau stehen. „Alles in Ordnung? Kann ich Ihnen noch etwas bringen?", fragte sie freundlich. Die junge Frau blickte auf, als sei sie aus ihren Gedanken gerissen. Sie lächelte unsicher und strich eine Haarsträhne aus dem Gesicht. „Oh, nein danke. Ich ... ich arbeite nur an etwas. Dieser Ort ist sehr inspirierend." Sofia spürte eine angenehme Wärme bei diesen Worten. „Das freut mich zu hören. Lassen Sie es mich wissen, wenn Sie etwas brauchen", antwortete sie. Die junge Frau nickte, und Sofia zog sich zurück, doch das Bild der jungen Frau und ihre Worte ließen sie nicht los. Vielleicht steckte hinter diesen Notizen eine Geschichte, die sie eines Tages kennenlernen würden. Am Abend, als das Café langsam leerer wurde und die letzten Gäste das Lokal verließen, blieb das Bild der jungen Frau in Sofias Gedanken. Vielleicht war sie nur eine vorübergehende Besucherin, vielleicht aber auch jemand, der das „Seitenflüstern" genauso in sein Herz schließen würde wie all die anderen, die hier ihre Zuflucht gefunden hatten. „Siehst du, Annika? Genau das liebe ich an diesem Ort", sagte Sofia leise, als sie zusammen die Tische abwischten. „Jeder bringt seine eigene Geschichte mit. Und irgendwie fühlt sich hier jeder zu Hause." Annika nickte zustimmend. „Und das Schönste ist, dass sie uns ihre Geschichten oft hinterlassen – in Gesprächen, in Gesten oder manchmal einfach nur in einem Lächeln." Die beiden sahen sich um. Kiara und Kovu lagen zusammengerollt auf ihrem Lieblingsplatz, während Whisky, Sasu und Lilly noch munter zwischen den Stühlen spielten. Das Café war still, aber es fühlte sich lebendig an.

Kapitel 12

Die junge Frau und das Ziel

Die Jahre hatten das „Seitenflüstern" geformt und wachsen lassen, doch es hatte nichts von seiner Wärme und seinem besonderen Charme verloren. Sofia und Annika standen eines frühen Morgens in ihrem Café, bevor die ersten Gäste eintrafen, und ließen ihren Blick durch den Raum schweifen. Die Regale waren bis oben hin gefüllt mit einer Mischung aus Klassikern, Neuerscheinungen und verborgenen Schätzen, die die Gäste immer wieder zum Stöbern einluden. Die neuen, gepolsterten Sitzecken luden dazu ein, sich zurückzulehnen und die Zeit zu vergessen. In der Ecke, wo das Sonnenlicht sanft auf den Boden fiel, lagen Kiara, Kovu, Whisky, Sasu und Lilly entspannt in ihren Körbchen, die Katzen hatten ihren festen Platz in der Café-Gemeinschaft gefunden.
„Weißt du noch, wie wir hier angefangen haben?", fragte Annika mit einem Lächeln, das Erinnerungen weckte. Sofia nickte und ihre Gedanken gingen zurück zu den unzähligen Stunden der Renovierung, den Herausforderungen des Wachstums und all den Begegnungen, die sie auf ihrem Weg geprägt hatten. „Es fühlt sich an wie ein anderes Leben", sagte sie schließlich, ein bisschen verträumt. „Aber gleichzeitig, als wäre es gestern gewesen."
Das Café war inzwischen zu einem Ort geworden, der weit über seine ursprüngliche Bestimmung hinausgewachsen war. Die Tageszeitungen, Kreuzworträtsel und Sudokus hatten sich als beliebte Anlaufstellen für Gäste aller Altersgruppen etabliert. Die Stille Bibliothek, die

einst so bescheiden angefangen hatte, war mittlerweile ein wahrer Rückzugsort für all jene, die die Ruhe und die Atmosphäre suchten. Lesungen, kleine Veranstaltungen und Workshops hatten frischen Wind in den Alltag des Cafés gebracht und neue Besucher angezogen. Stammgäste, die seit der ersten Stunde dabei waren, mischten sich mit neugierigen neuen Gesichtern, die durch den Fernsehbeitrag oder die vielen positiven Bewertungen von diesem besonderen Ort erfahren hatten.

Während Sofia und Annika noch in Erinnerungen schwelgten, öffnete sich plötzlich die Tür, und die erste Besucherin des Tages trat ein. Es war die junge Frau, die ihnen vor einiger Zeit aufgefallen war – die mit dem Notizbuch, das sie stundenlang gefüllt hatte. Ihr Lächeln war warm und ehrlich, als sie auf die beiden zukam. „Guten Morgen! Ich hoffe, ich störe nicht. Ich wollte Sie nur kurz sprechen." Sofia und Annika tauschten einen Blick und luden sie an einen der Tische ein. Die junge Frau setzte sich, holte ihr Notizbuch hervor, das inzwischen mit losen Zetteln und Notizen gefüllt war. „Ich bin übrigens Isabella", stellte sie sich vor, nicht ohne ein Lächeln, als sie die Katzen ansah, die sich auf den Fenstersimsen räkelten. „Und ich bin Autorin. Schon bei meinem ersten Besuch hier wusste ich, dass dieses Café eine ganz besondere Geschichte hat. Ihre Geschichte." Annika runzelte die Stirn, während Sofia sie überrascht ansah. „Unsere Geschichte?", fragte sie, ungläubig. Isabella nickte. „Ja, Ihre Reise – von der ersten Idee bis zu dem, was das ‚Seitenflüstern' heute ist. Ich habe darüber nachgedacht, wie viele Menschen davon inspiriert werden könnten. Und jetzt wollte ich Sie fragen ... darf ich Ihre Geschichte in einem Buch erzählen?" Für einen Moment herrschte Stille. Annika und Sofia sahen sich an, völlig überrascht und gerührt zugleich. Ein Buch über sie? Über das „Seitenflüstern"? Über all das, was sie gemeinsam erschaffen hatten? „Ein Buch über uns", flüsterte Annika schließlich, ihre Stimme voller Staunen und Ehrfurcht. „Über alles, was wir erlebt haben", ergänzte Sofia, ihre Gedanken überschlug sich, als sie versuchte, die Worte zu fassen. Isabella nickte erneut, ihre Augen funkelten vor Begeisterung. „Es ist eine Geschichte von Träumen, von Herausforderungen und von dem Mut, etwas Eigenes zu erschaffen. Und ich glaube, dass diese Geschichte viele Menschen berühren könnte." Sofia und Annika tauschten einen langen, tiefen Blick. Es war eine enorme Entscheidung. Aber es war auch eine Möglichkeit, das „Seitenflüstern" noch einmal auf eine ganz neue Art zu feiern und die Geschichten, die sie in den letzten Jahren gesammelt hatten, mit der Welt zu teilen. Schließlich lächelte Sofia sanft. „Wir haben nie davon geträumt, dass unsere Geschichte so etwas bewirken könnte. Aber wenn Sie wirklich glauben, dass sie es wert ist, erzählt zu werden ..." „Oh, das ist sie", unterbrach Isabella mit Nachdruck. „Und ich würde es lieben, sie zu schreiben."

Die drei sprachen noch lange über das Buch, während die Sonne höher stieg und das Café mit Leben erweckt wurde. Kovu sprang auf Isabellas Schoß, als wolle er ihr Gesellschaft leisten, und Whisky, immer neugierig, schlich sich an ihr Notizbuch heran, als ob er sicherstellen wollte, dass keine wichtigen Geheimnisse entgingen. Am Abend, als die Lichter des Cafés sanft gedimmt wurden und Sofia und Annika noch einmal durch den Raum gingen, war es, als hätte ein weiteres Kapitel ihres Abenteuers begonnen. Ein Kapitel, das sie selbst nie geschrieben hätten, das aber genau zu ihnen passte: die Geschichte von einem Café, das die Herzen der Menschen berührte und von zwei Frauen, die es mit Liebe und Leidenschaft führten.

Und so begann die Geschichte, mit den Worten „Die sternenklare Nacht legte sich wie ein stiller Mantel ...", erzählt von Isabella Florian, einer jungen Autorin, die an einem kleinen Tisch mit einem Notizbuch und einer Idee saß.

Die Autorin

Isabella Florian, geboren 2005, ist eine leidenschaftliche Autorin aus Österreich. 2025 verfasst und veröffentlicht sie ihr erstes Buch „Wo die Bücher schnurren". Die Leseratte ist stolze Katzenmama von ihren zwei Fellnasen, Kovu und Daisy, welche ihre Inspiration für ihr erstes Buch waren. Gemeinsam mit ihrer Familie wohnt und lebt sie in Graz.

novum VERLAG FÜR NEUAUTOREN

Der Verlag

*„Wer aufhört
besser zu werden,
hat aufgehört
gut zu sein!*

Basierend auf diesem Motto ist es dem novum Verlag ein Anliegen, neue Manuskripte aufzuspüren, zu veröffentlichen und deren Autoren langfristig zu fördern. Mittlerweile gilt der 1997 gegründete und mehrfach prämierte Verlag als Spezialist für Neuautoren in Deutschland, Österreich und der Schweiz.

Für jedes neue Manuskript wird innerhalb weniger Wochen eine kostenfreie, unverbindliche Lektorats-Prüfung erstellt.

Weitere Informationen zum Verlag und
seinen Büchern finden Sie im Internet unter:

w w w . n o v u m v e r l a g . c o m

Der Verlag

Wer aufhört,
besser zu werden,
hat aufgehört
gut zu sein.